敦煌消息

DUNHUANG MESSAGE

叶舟 著

敦煌文艺出版社

图书在版编目（C I P）数据
敦煌消息 / 叶舟著 . -- 兰州 : 敦煌文艺出版社，
2024. 7. -- ISBN 978-7-5468-2562-5
Ⅰ . I233
中国国家版本馆 CIP 数据核字第 2024CP8845 号

敦煌消息

叶舟著

责任编辑：马吉庆　杨　雪
装帧设计：吉　庆

敦煌文艺出版社出版、发行
地址：（730030）兰州市城关区曹家巷 1 号新闻出版大厦
邮箱：dunhuangwenyi1958@126.com
0931-8121698（编辑部）
0931-8773112　0931-8120135（发行部）

兰州银声印务有限公司印刷
开本 787 毫米 ×1092 毫米　1/32　印张 4.5　插页 4　字数 60 千
2024 年 8 月第 1 版　2024 年 8 月第 1 次印刷

ISBN 978-7-5468-2562-5
定价：68.00 元

目录

Contents

敦煌消息

DUNHUANG MESSAGE

敦煌消息

（舞剧剧本）

敦煌消息

故事梗概

舞剧《敦煌消息》年代不确，但大体上应该设置在唐朝初期，也就是中央王朝抵御外侮，经略西域，开疆拓土，并基本形成了今日中国西部之版图的黄金阶段。——无疑，那是我们这个民族的少年时代，它血勇，它孤傲，它一意孤行，它九死一生，它充满了对远方地平线的好奇，它时刻散发着一种征服的欲望，它不惧失败，它一次又一次地从血泊中起身，只为了夺取“和平”这个消息。

这是那个时代的缩影，同时也是一个人的化

身。——这个人可以是霍去病、班超和卫青，也可以是张骞和玄奘；可以是李白、高适、岑参与王昌龄，同样也可以是汉武帝或唐太宗。这个角色，对应的则是西方文化中的赫克托耳、阿喀琉斯和斯巴达勇士们，甚至就是凯撒与拿破仑。

其实，归根结底，在本剧中，这个角色就是一名信使。

在连年的战火中，烽烟四起，民不聊生，哀鸿遍野，和平就像一位喘息的新娘，惊魂不安，居无定所。凉州告急，甘州告急，肃州告急，沙州（敦煌）告急，阳关和玉门关以西沦陷在了杀伐不断的拉锯战当中。——终于，一切都止息了，一介信使身衔使命，策马突破了两关地带，自敦煌返回，深入汉地，意欲穿过整个河西走廊，必须将“和平”的消息送达长安城，上报朝廷。

显然，此乃这个世界上最为珍贵的一名信使、一介白衣少年，国家安危系于一身，万千生民期冀已久。无他，因为只有朝廷和皇帝才有权宣布止戈休战，太平来临，天下定鼎。或者说，这是黎明之前的至暗时刻，等待着这个少年信使挥鞭而来，亲手撕开黑夜，传报喜讯，让光芒落地。

但是，这一切何其难也。在这名信使一路奔突，穿越四郡两关的过程中，埋伏着敌方派来的刺客与杀手，频频遭遇了战争贩子们的构陷及迫害，以及当地官府和百姓的误解。同时，他还将迎面自己的亲情与爱情，包括自然界的电闪雷鸣、风霜雪雨，必须逐一去化解，而后才能一骑绝尘，不负所托。——事实上，这也是我们每个人生命中应有的困境，更是和平的困境，乃至于国家的困境。

因为信使是没有嘴巴的，他必须守密，哪怕是在赴死的那一刻，他也不能吐露半个字。

一骑漂浮，如泛沧溟。

需要注意的是，信使胯下的那一匹骏马，

也已到了出神入化的境界。换言之，信使就是神骏，神骏也是信使，二者相依为命、互为表里，犹如一对磕头换帖的金兰兄弟。因为，在那个冷兵器的时代、在西疆，马就是图腾，马就是国之重器，马也是一名不会说话的信使，更是国家之柱梁。

本剧时长90分钟，分上下半场。

人物简介

信使：男，少年形象，年龄模糊，从军数载，驻守边关，屡立战功，颇有霍去病之风采，肩具封狼居胥之雄心。少年者，未必是二八年岁，实指其英武血勇、慷慨从容、轻生死、重然诺，将国家命运荷担于一身，本质上应是一介顶天立地的儿子娃娃。

肃州百夫长：一名；

戍 卒：数名；

爹 娘：信使之父母；

新 娘：卖唱女子，面目端庄，知晓大义。她与信使青梅竹马，相伴长大，自小定下娃娃亲。在战乱不息的年代，她跟着公婆一路西行，千里路上来寻亲，巧合的是，彼此邂逅在了凉州城内。就在双方洒泪相认、即将成亲的前夜，敌方的杀手突然出现，混战一场。为了保护信使，新娘不幸殒命，父母皆亡。

樵 夫：关山境内的一名打柴人，与少年信使一见如故，彼此结拜，实为刺客；

皇 帝：重情义，具眼光，体恤这一位长途奔袭、慷慨捐躯的少年信使，并且对“和平”一词，他有颇为独到的见解；

大 臣：若干；

第一幕

战争频仍，持续经年，迄今也没有罢兵休战的任何迹象。整个河西走廊，整个朝廷，甚至整个国家，几乎陷入到了一种深刻的焦虑与悲伤当中。风声像一种送葬的埙声，吹袭着大地，带来了更加恐怖难安的气氛。

敦煌古郡，身处西陲，也是这一场战争的最前线，风声鹤唳，加紧战备。在一年又一年无望的期待中，失去家园的流民们麇集在莫高窟下，面对大佛，一面祷告，一面呼天抢地。僧侣们集体祈祷，大办法会，诵经声不绝于耳。画匠们则站在窟子里，画下菩萨，画下花枝，画下天堂，也在寄托着一种和平的向往。

整个莫高山上，密布着蜂巢一般的佛窟，

密密麻麻的。恍惚间，这些佛窟犹如一扇扇窗口，淹没在了火光和鲜血当中。凭窗远望，玉门关和阳关这两座军事要塞更是狼烟弥漫，杀声震天，似乎这一场战争已经到了生死关头，敦煌也命悬一线。

渐渐地，埙声低回，一切都悄静了下来，接着是一段压抑且持久的死寂，令人窒息。

突然，一根根燃烧的箭矢破空而来，穿过了那些窗口般的佛窟，最终纷纷委地，引燃了丛丛大火。这些箭矢分明是在射杀什么，但莫高山下的流民、僧侣和画匠们一无所知，满脸茫然。

果然，片刻之后，一匹骏马长嘶不已，跃过了其中一扇窗口，现身在了宕泉河边、大佛脚下，并且重重地摔在了地上，搅起了一团烟尘。

烟尘过后，一个遍体鳞伤、鲜血满身的少

年腾身而起，挺立于舞台中央。他的眸子很亮，手中的马鞭划过空气，传来了一声声霹雳，犹如哪吒一般。百姓们突见此人，煞是不解，纷纷围拢了上来，七嘴八舌地指责着这个陌生人，似乎在求证他的身份。同样，少年也误解了，扔掉马鞭，拔出来一把长剑，凌波微步，剑光绚烂，罩住了自身，俨然是一介少侠。

谁？你究竟是谁？

流民们不停地质问着。僧侣们不忍看见刀光剑影。画匠们也丢掉了画笔，啜泣开来。

剑光收回，长剑还鞘。发现周遭的百姓毫无恶意，少年这才松弛了下来，未及开口，却意识到丢了一件要命的东西，自己的脊背上竟然空空荡荡，除了鲜血，还是鲜血。一时间，少年急疯了，在莫高窟下寻来找去，竟也一无所获，脚步踉跄，最后捂住了胸膛，口喷鲜血，像一根椽子似的，栽倒在了地上。

女夫人還宮時

无疑，他在前来敦煌的路上，就已经身负重伤，奄奄一息。

幸运的是，就在少年即将昏厥过去的那一刹，一位敦煌的老叟发现了那件东西，赶紧拾起来，捧到了少年的面前。——这是一只精美的匣子，漆封，军印，上书两颗肃穆的汉字：

急报

失而复得，少年慌忙接住了，先是一阵快慰的大笑，继而嘶吼了起来。远处的骏马似乎也听懂了主人的心情，咴儿咴儿地嘶叫着，彼此呼应。

毕竟受伤太重，少年的这种嘶吼戛然而止，仿佛一根琴弦，突然断裂。

信使！

军中信使！

八百里信使！

百姓一下子恍悟了，迅速将少年信使安

顿妥当，救治的救治，作法的作法，祈祷的祈祷。——这是一种敦煌特有的仪式，梵音四布，佛雨广洒，加持无限，将天地之间的魂魄灌输在了少年的身上，神秘且庄严。

此生得入玉门关，生还汉地，少年命不该绝。

但是，在舞台四周的黑暗角落里，此刻游走着一些皂衣素服的杀手，刀光斑斓，伺机等待着下手的机会。少年信使的危机，实际上并没有彻底解除。

第二幕

地平线上，一骑驰骋，迅如流星。

高大巍峨的城楼上，悬挂着一块巨匾：肃州。大概是秋季。城门口一带牛来马去，挤满了引车卖浆者之流，等待验照放行。驻守关城的，乃是当地的守备军，他们一方面要为前线筹集粮草、补充给养，另一方面还要缉拿逃兵、奸细、罪犯与走私者，因为正处于战争状态，所以精神高度紧张，动辄发火，随意鞭笞路人，气焰嚣张。

少年信使抵达了肃州城下，翻身下马，掏出了一纸关照，排队等候。

或许，恰是因为少年特殊的装束、英武的

表情，以及他那一匹矫若游龙的骏马；也或许是因为他昼夜驰奔、披星戴月的样子，加之他来自前线一带，这不免引起了守备军的警觉。这时候，一名杀手摸到了少年的身后，割断了他脊背上的束绳，那只珍贵的匣子突然掉落，形势陡然一变。少年腾身而起，长剑出鞘，光寒河西四郡，剑扫祁连两麓，而后稳稳地戳在了大地之上，凛凛然，犹如一位不世出的英雄。

杀手捂住了伤口，一番趔趄之后，当即毙命。其他的杀手们纷纷鼠窜，不知所踪。

此时，在围观的人群中，响起了一阵孤零零的掌声，连声叫好。他就是百夫长，奉命守卫这一座关城，目睹了刚才的那一幕，不禁为这个少年的惊世武功赞叹连连，内心生出了一种惜才之感。这么着，百夫长趋前，刚打算俯身拾起那一只匣子时，却冷不丁地发现，少年飞身而至，长剑刺来，突然停在了自己的鼻尖上。

百夫长久经沙场，倒也不惧，继续拾起了匣子，用袖子掸净了尘土。

但是，当看见匣子上的“急报”二字时，百夫长惊骇万分，回眸审视，喝问对方究竟是什么人？身负秘密使命，信使是没有嘴巴的，除非去死，这是唯一的铁律。情急之下，少年被迫动武，挥舞长剑，一步步逼上前来。百夫长不遑多让，一再躲闪着，竟也毫发无伤。

恰是在这个关口，百夫长从少年被风撩起的衣襟内，瞥见了他的腰带上挂着一块黄金腰牌。不错，这黄金腰牌正是前方军队颁发的，据此可以畅行天下，但少年为了秘密起见，宁肯以一个百姓的身份排队验照。这一番谨慎与机心，再次赢得了百夫长的好感，爱才之心倍增，同时也为了试炼一下少年信使的胆气和勇毅，突然变色，断喝道：

拿下！

周围的戍卒们蜂拥而上，一番打斗之后，少年毕竟人单势寡，渐渐地落在了下风。蓦然间，一张罗网兜头而下，当即捕获了少年信使，挣扎到最后，他也只能束手就擒。这么着，百夫长心领神会，将珍贵的匣子供在了舞台中央的案子上，开出了放行的条件，提议双方比武。少年慨然允诺，再次举起了宝剑，迎头走向了百夫长手中的那一杆长枪。

无疑，这一场比武惊天地、泣鬼神，直打得飞沙走石、日月无光。

结束了，烟尘散尽，星空呈现，一丛丛篝火勾勒出了肃州城楼的形状，依旧是旧日基廓，山河稳固。百夫长从地上爬起来，整理衣衫，朝着少年信使深深一揖，输得心服口服。少顷，百夫长将那只匣子放在一匹崭新的布料中，扎成包袱的样子，并亲手绑在了少年信使的脊背上，似乎完成了一桩神圣的使命。骏马适时地出现了，筋存怒脉，铁蹄踢踏，显然是刚刚喂饱了，蓄积着一种不可遏止的力量。

告辞了，少年逐一回礼，最后朝着高大的“肃州”门匾致敬，然后跃上马背，一声长啸，飘失在了远方的旷野当中。

半晌后，百夫长这才醒悟了过来，赶紧命令戍卒们拉来了各自的坐骑，匆匆上马，沿着少年信使消失的方向，拼命地追逐而去。百夫长一再呼喊：

送君！

送君十里！

第三幕

祁连山下，绿洲平坦。

这是甘州境内，一片秋色铺展在田野中，南方的祁连山头顶白雪，莽莽苍苍，宛若巨龙。庄子外的打麦场上，矗立着一棵大柳树。少年信使奔波了大半夜，此刻正蜷卧在不远处的麦草堆上酣睡，不知东方既白。

倏忽间，少年被一阵阵清脆的读书声吵醒了。晨光中，少年举头望去，但见在那一棵大柳树下，有一座露天的课堂，一班童子正在摇头晃脑，诵读着诗文。这是和平的时刻，罕见的一幕，少年的心思彻底沉浸在了这一种天籁之声当中，内心万般呼应，同时也忆想起了自己从军的生涯，以

及那些出生入死的瞬间，禁不住热泪长流，暗自啜泣。

岂料，气氛骤变，诵读声不了了之，一班童子开始了争吵和推搡，各不相让，一个个面红耳赤，难分胜负。不破楼兰，什么叫楼兰？从军玉门道，玉门关到底在哪儿？羌笛，羌笛究竟是什么声音呀？童子们互相发问着、理论着、争辩着，却又没有答案，更达不成一个共识。难题在于，教书先生早就被抓丁了，戍边去了，这样的情况已经持续了许久。终于，童子们散落在大柳树下，不是垂头丧气，便是仰天长叹。

此刻，少年信使突然产生了一种毛遂自荐的心情，打算以一己之力，去解答这些疑问。

于是乎，一声唿哨之后，在秋田里吃草的骏马飞奔而来。少年拔身而起，一个鹞子翻身，骑在了马背上，长剑出鞘，纵马来到了大柳树下。

童子们煞是震惊，也颇为好奇，深信这个少年乃是传说中的人物，前来替大家释疑解惑的。

一时间，童子们群情激奋，掌声如雷，齐声诵读着王昌龄的诗篇：

青海长云暗雪山，
孤城遥望玉门关。
黄沙百战穿金甲，
不破楼兰终不还。

少年策马，来回逡巡着，仿佛这个课堂就是当年的演兵场，也仿佛他正在检阅自己的百万雄师，不由得血脉偾张，意气高扬。童子们反反复复的诵读声，犹如出征之前的锣鼓，令少年难以自持，打马狂奔，在打麦场上一圈又一圈地驰骋起来。

这是点燃。这也是教化。童子们忽然明白了那些诗文，声音更加激越了。

少年信使同样也被点燃了，被鼓舞了，长身玉立，矗立在马背上，突然动作开来，上下翻飞，指天戳地，亮出了一套惊世剑法，引来了无数的喝彩声。但他犹不罢手，依旧笼罩在一片刀光剑影丛中，美轮美奂。

这么着，一班童子将王昌龄换成了李白，继续诵念下去：

赵客缦胡缨，
吴钩霜月明。
银鞍照白马，
飒沓如流星。
十步杀一人，
千里不留行。
事了拂衣去，
深藏身与名……

童子们循环往复地诵念着，一遍刚罢，再来一遍，纷纷陶醉在了这种壮怀激烈、挥斥方遒的英雄境界中。然而，当他们终于声嘶力竭、再也念不动的时候，一个个睁开了眼睛，却发现那名少年信使早已不知去向，连同他的那一匹骏马。

眼前，少年留下的那一团剑气犹在，吹荡着大柳树上的黄叶，刹那间飘零开来，形成了一幕幕旋风状的屏风，仿佛黄金在天上舞蹈，今生难遇。

童子们错愕不已，大眼瞪小眼的，相信自己不是在梦中，而是遭逢了一幕奇迹。

第四幕

凉州。城隍庙前。今日大集。

在嘈杂的人群中，少年信使牵着马，疲倦已经攫取了他。忽然，传来了一阵清冽的歌声：垆头酒熟葡萄香，马足春深苜蓿长，醉听古来横吹曲，雄心一片在西凉。

少年驻足聆听，又循着歌声走了过去，但见一位清秀貌美的女子在卖唱，旁边有一个老叟在埋头拉胡琴，另有一名老妪在向看客们乞讨赏钱。很显然，少年信使被这种歌声深深打动了，听得如痴如醉，根本不愿意离开。这一刻，老妪蹒跚过来，向少年伸出了乞钵。少年掏出一把麻钱，丢在了乞钵里，却见老妪扑腾跪在地上，磕头致谢。

电光石火之间，少年惨叫一声，同样也跪下了：

“母亲！”

凉州慈悲，彼此认出是亲人。

琴声和吟唱戛然而止，母亲抱住了少年，号啕大哭。半晌后，少年擦掉了泪水，膝行过去，对着琴师再三叩首，哽咽道：“父亲！”

卖唱的女子简直惊呆了，因为少年恰恰是她未来的夫君。——他们自小定下娃娃亲，但少年从军数载，音信隔绝，又因为家乡连年旱灾，恶霸横行，这才踏上了西去的长路。女子奔上前来，拽起了少年，在他的身上掸了又掸，忽然就哭下了。

乱世亲人，互诉衷肠，没有比这一幕更温馨、更让人肝肠寸断的了。

移步换景

这是凉州城外的一家客栈，其中的一间客房显然被确定为婚房，门楣上挂着彩球，贴着大红“囍”字。入夜后，新娘在院子里试穿自己的婚服，自然是心花怒放，步步生莲。公婆二人也是眉开眼笑，忙东忙西。

这时，传来了一阵阵更声，公婆催促新娘子赶紧去歇息，因为次日晌午，将要举办一个简单的迎娶仪式。新娘应命，折身回到了婚房，吹灭了窗台上的那一盏油灯。

昏黑中，少年信使喂完了坐骑，走出马厩，返回了客栈。他正在院子里拍打衣裳时，却听见屋顶上传来了异响，一群杀手早已埋伏在了各处，只等着他自投罗网。少年警觉，一声断喝，同时拔出了长剑，准备迎敌。岂料，杀手们开弓放箭，箭矢犹如蝗虫一般，扑向了少年。少年且战且退，来到了大门外，似乎已经找到了安全之地。

岂料，一场燎原大火突然升起，整个客栈陷入在了火海当中，紧接着彻底坍塌了，没有人生还。但是，就在婚房即将倒塌的前一刻，新娘身穿她的那一身艳丽的婚服，冲出了房门，冲出了院子，跑向了自己的新郎。——新娘的手里，抱着那一只精美的匣子，似乎她知道这是少年的命，比命还重要。

悲剧的是，就在离少年咫尺之距的时候，一枚箭矢从身后袭来，直接钉在了新娘的脊背上，一招夺命。少年奔上前去，张开臂膀，抱住了自己的新娘，嚎叫不已。

在即将咽气的那一刻，新娘将匣子，交在了少年信使的怀中。

晨光中，舞台尽头出现了三座坟堆。

少年磕完头，牵着马挥泪离开，一步一回首，煞是不舍。转瞬，少年信使便消失了，旷野上回荡着一声声骏马的悲鸣，隐入在地平线上。

第五幕

这里是关山，一座天堑。

万里赴戎机，关山度若飞。关山横亘于陕甘边界，史称“陇坂”，也是长安城以西（丝绸之路）的第一道险境，耸入天表，气象险恶。依稀中，暮色降临，万木萧索，一人一骑正跋涉在丛林当中，脚步滞重，身影苍茫。

他不是别人，恰是从西域归返的少年信使。

倏忽间，天气陡变，罡风劲吹，雪大如席，少年信使一下子迷失了方向，在山腰上团团乱转，进退失据。这一刻，骏马咆哮不止，人立而起，惊惧无比，因为它率先嗅见了狼群的气息。果然，少年信使环视周遭，发现自己和坐骑已经身陷在了一群饿狼的包围中，生死一线，情况堪危。

就在狼群发起攻击的一刹那，少年长剑出鞘，声若雷霆。

这一场恶斗，直打得风雪飞卷，地动山摇。——最终，狼群丢下了几具尸体，连夜遁逃了。少年信使遍体鳞伤，难以支撑自己，晃了晃，摔下了山崖。

山洞中，一堆篝火带来了人世上的温暖。

少年挣扎着起身，看见山洞外天光明亮，但是大雪封山，似乎一切都停止了。少年记不起自己躺了有多久，被谁所救，但身上的一件羊皮袄好像说明了什么。挣扎再三，却因为周身疼痛，少年只爬行了一段，最终还是昏厥在了洞口处。

樵夫进来了。樵夫是关山里的一名打柴人，抱起了少年，赶紧将其安顿在了篝火旁。

欲知朝廷事，请问打柴人。当少年信使再次醒来，并获知了自己被救的经历后，一种信赖感油然而生，慌忙磕头道谢。此后，这二人围着篝火，竟宵长谈，彼此之间惺惺相惜，真可谓山中方一日，世上已千年。

伤病愈合了，山上的积雪也开始融化，到了该离开的时候了。

山脚下，少年信使和打柴人互相抱拳，就此作别。

不料，正待少年翻身上马之际，打柴人却拦住了他，将他带到了一棵盛开的桃树下。桃园结义，打柴人率先下跪，少年也不作他想，磕头行礼，完成了这一世的结拜，开始称兄道弟，热络得不成。

少顷，少年信使纵马离开，舞台上回荡着一阵阵激越的马蹄声，消失在了山下。

打柴人徘徊了片刻，突然飞奔而走，一道烟地追撵了过去。

终章

长安在望，这是少年信使最终的目的地。

也许，因为靠近了都城（首都圈），这一带警戒严密，气氛迥异，武装马队穿梭来去，士兵们游走不停。与关山不同，关中平原上已经是绿意盎然，麦苗青翠，似乎预示着一个丰年的来临。人群中，忽然出现了两个熟悉的身影，各自牵着骏马，一位是少年信使，另一个则是打柴人。显然，少年被眼前的景象所感染，心知自己即将卸下肩上的担子，不由得开心起来。

但是，这二人匆促的脚步，疲惫的神态，尤其是少年身上那一件破绽百出的羊皮袄，迅速引起了巡逻队的警觉。刹那间，一阵哨声响过，士兵们蜂拥而至，矛戈相向，将少年信使和打柴人团团围住，密不透风。

开始了搜身和盘问。但是当一个首领模样的家伙上前，动作粗鲁，吆三喝四，少年顿时不悦，抗拒再三。士兵们被激怒了，纷纷将刀枪架在了少年的肩膀上，准备当场锁拿，押回大营里去审问。

这个关节上，少年摸出了那一块黄金腰牌，高举在头顶，朗声大叫：

“军中信使！”

“信使？”

“自敦煌而来，急报朝廷。”

不一时，舞台上回荡着一种激动且亢奋的声音，高入云霄。

这种声音依次频递着，渐行渐远，仿佛被接力了下去，一直进入了长安城内，最终抵达了皇宫。不错，长安城等待得太久了，也太苦了，臣工和百姓们翘首以盼，甚至连他们的皇帝也是寝食难安，望眼欲穿。然而，这种声音究竟是噩耗，还是喜讯，谁也没有把握，包括皇帝本人也概莫能外。

声音一圈圈地扩散着，弥漫于天空，这不免带来了一种紧张与焦虑：

“敦煌消息！”

“急报！敦煌消息！”

片刻之后，这种声音去而复返，仿佛一匹矫健的快马，越来越清晰，越来越高大，传遍了整个长安城，一时间轰动无比：

“皇帝亲临！”

“皇帝出城，迎接军中信使！”

于是，舞台中央出现了一座奢华而的帐幕，堪比皇宫。

帐幕内，少年也已沐浴一新，更换衣衫，此刻腰身挺拔，白衣胜雪。他的脊背上仍旧挂着那一只精美的匣子，手中握着黄金腰牌，历经九死一生之后，即将完成这一桩使命，骄傲之余，也难免有些忐忑。少年的身旁，站着那名打柴人，他有点獐头鼠目，举止鬼祟，这自然引起了少年的注意。

一阵威严的锣鼓之后，皇帝出现了，诸位大臣簇拥着，分列两厢。

皇帝也是一身戎装，青春英武，雄才大略，根本也不讲究礼仪，扑上前去，一把攀住了少年的肩膀，喜形于色，左看右看，煞是欣赏。少年有自知之明，赶紧却后几步，行礼如仪，这一套完全是军中的规范，纹丝不乱，气概非凡。

末了，少年解下了身上的匣子，捧上前去，打算亲手交给皇帝本人。

岂想，打柴人却先发制人，从袖筒中抽出来一把匕首，刺向了皇帝。——原来，他是敌方的刺客，事先在关山做局，取得了对方的信任，一路跟随少年进入了长安，并意外地获得了这个千载难逢的机会，企图毕其功于一役。但是，皇帝也是行伍出身，身经百战，岂能让刺客轻易得逞？

这么着，皇帝一连避开了打柴人的几番刺杀，趄身一旁。

或许，皇帝也是为了测试一下少年信使的胆量和身手，慷慨地解下了自己的佩剑，一甩手，抛给了对方。少年接住了，知道这是最高军令，自己责无旁贷，即便是去死。

于是，帐幕内一阵阵刀光剑影，火花四射，双方厮杀到了最后的关头。

突然，一切都停止了，舞台上荒凉一片。

打柴人捂住喉咙，身子摇晃了几下，重重地摔在了地上，已然毙命。少年脚步踉跄，丢下了手中的长剑，随后也跌倒了，匍匐而去，抱起那一只匣子，挣扎着爬向了皇帝。众目睽睽之下，大家清晰地发现，刺客的那一把匕首，插在了少年信使的脊背上，只剩下了一寸刀柄。鲜血喷涌，那一件白衣已经被血水染红了，惨烈异常。

皇帝疾步迎上前去，单膝跪地，表情上煞是

痛苦，万般不舍。少年将匣子举起来，但因为他失血过多，体力不支，匣子最终摔烂在了皇帝的脚下。——诀别的时刻到了，少年带着一种满足的微笑，慢慢地咽下了最后一口气。

岂料，那只匣子居然是空的，空空如也。——匣子里没有什么军书，除了一束金色的麦穗，去年夏天的麦穗。

皇帝诧异万分，擦掉了泪水，抓起那一束硕大的麦穗，在一旁踱步，反复查看，但最终也难以理解其中的含义。这时，御医们跑进了帐幕，围拢在少年的身旁，撕烂了他身上的血衣，开始紧急施救。

意外出现了，御医们停下了手，禀报皇帝，声称他们发现了一桩巨大的机密。

皇帝也不敢马虎，赶紧上前，再次单膝跪地，却见少年信使裸露的脊背上，有一行血染的文字：一箭定天山。——不错，这就是答案，这就是匣子里空空如也的原因，这就是少年信使带来的消息，敦煌消息。

原来，在千里长路上，为了防止消息被泄露、被捕获、被劫掠，前方的大将军绞尽脑汁，干脆将这一胜利的喜讯，用刀尖纹在了少年的脊背上，人在信在，人死信亡。——或者说，少年在出发的那一刻开始，他根本不是信使，因为他就是消息本身。

获知了这个喜讯，皇帝却一反常态，抚尸痛哭，肝胆俱裂。此时，本应是欢庆的殿堂，却变成了一座被悲哀摧毁的帐幕，冷风习习，满目缟素。

半晌后，皇帝起身，站在了舞台中央，用一双鲜血淋淋的手臂，举起了那一束金色的麦穗，敦煌以西的麦穗，仿佛它就是这个国家的口粮、万千百姓的性命。

皇帝哭泣着，像是在喝问苍天，又像是在昭告天下，苍茫地说：

“和平！”

剧终

这时，舞台的屏幕上打出了一行字：

“你想获得和平吗？那么，带上你的武器！”

敦煌卷轴

DUNHUANG SCROLL

敦煌卷轴

（组 诗）

卷轴：马

马说　大雪是我的另一件外衣
黑夜没道理　黑夜剥夺了它

大雪是我从印度领来的
曾经包扎过佛龛　经书和伤口

一切还来得及　我开窟　藏下了
它们　包括世上的全部心事

卷轴：雪

雪是蓝的　雪下到最深处
有一种幽蓝的嗓音　像一个人
起身　喊醒菩萨和石窟
开始点火　御寒　秘密过冬

或者不　那一刻　我捧起
雪花　去给经书和油灯沐浴
而后用罡风　一页页晾干

卷轴：月亮

这个孤独的人　停在
敦煌　若有所思

这只盛开的羊　卧在
天上　像一块白银

这卷打开的经书　铺在
头顶　云雨将临

这位远来的菩萨　站在
世上　一直笑而不语

卷轴：沙

在沙漠上
种下沙子　递给
一盏灯
让它去找水
顺便　把人世上的荒凉
挨个儿
照亮

在宽大的人世上
觅见那一粒　永不
发芽的沙子
佛窟为证　义结兄弟
让它疼在心上

如果敦煌大雪纷飞　我亦
电闪雷鸣

卷轴：深秋

这一季　我们站在岸边　看见
河流　慢慢冻住　像一个人
到了暮年　开始空旷和回忆

那些白杨　高大　明亮　遍体黄金
像佛陀　更像远路上的马车夫
眼含热泪　靠住荒凉的天空

往往这样　等我们安顿好雪山
戈壁　流沙和汉简　生一堆火
烧烤土豆和清贫　方能忍下今生

卷轴：毛笔

今天的涂鸦　并不比
往日的牧养　来得更为丰美
菩萨跟我出关的那天
鹰隼飞绝　奶茶凉却
像一支惊骇的毛笔　写下
失败的旷野　阅后焚毁

然则　那些神圣的灰烬
才是一个人内心的墨汁
抄下江山　祷辞　梅花
以及来世　在石窟中　如果
一支毛笔不是灯台　至少
藻井之上的莲花　需要修订

卷轴：帐篷

上午时　我跟羊群挤进
敦煌　捡拾露水和贝叶　看见
法台温热　佛刚刚出门接诊

中午时　鹰隼落地　告诉
我一个消息　有关石窟里
飞天娘娘的裙裾　缝补完毕

傍晚时　我被莲花绊倒
发现河流的两岸　菩萨们
正在施洗　带着月亮与麋鹿

整整一天　几乎忘了

天空这一座帐篷　抬头时

看见落日沸腾　像我的一段少年

卷轴：法会

灯在油中

灯是羊群的举念

灯的摇曳里　诵声琅琅

灯也疼痛　伸手不见五指　喊叫自己

灯策马而至　深夜的鸦群　纷纷避离

灯仿若一尊金刚　坐在法会之中央

灯广洒甘露　人们放下一段悲凉

灯下　阿妈缝完了靴子和袈裟

灯的尽头　有一扇不二法门

——举灯　我们进入

卷轴：骆驼

悠远的　乃一地破碎的响铃
悠远的　乃离开了佛窟的十三个孤儿

悠远的　乃地平线上的一根根骨殖
悠远的　乃热烈的今生　流失如沙

卷轴：寺

耳朵一样的小寺　没有出处
亦无香火　像一个疲惫的人
停在沙山外　灰心丧气

但我知道　它内心的天空
一直鲜花着锦　观听着
世上的声音　不发一语

偶尔　我邀约斑鸠　雉鸡　以及
神仙们坐下对饮　更多的时候
带来扫帚和水　闭关三日

卷轴：秋草

秋草是上一世的流寇　席卷
而来　带着普天下的黄金
枯坐大地　施舍穷人和敦煌

不错　佛要金装　一些牛羊
一些马　咀嚼不止　而心灵的
拌料一般由痛苦来构成

卷轴：羊

羊是秘密的　羊带着口谕
在石窟的两岸　埋首不语

更深的夜里　羊开始弘法
端坐敦煌　说出这一世的真谛

一般来讲　羊心无芥蒂　一旦
站在了餐桌　经书便不值一提

卷轴：棉花

棉花丫头

雪白的丫头　大脸盘丫头

棉花妇人

健壮的妇人　大屁股妇人

棉花阿妈

纺线的阿妈　大手大脚的阿妈

棉花是世上的蜂蜜

夜里　又是佛陀的袈裟

卷轴：风

黄昏一带的事情　木鱼
说了不算　比如暮色沉降
佛窟喑哑　壁画之上的一些
粉饰　渐渐剥离　空旷的
人世上　风像一个点灯者
带着火镰　取暖煨心

更可能　风是一只羔羊
走失良久　从白昼的暗影中
踱出　它的秘密来自天庭
需要在羊圈里　放下悲凉
经卷　牺牲与供养　在黄昏的
敦煌一带　火却突然失效

卷轴：尘暴

不然　这就是一些作废的辞藻
被天空批复下来　打入冷宫

不然　这就是飞鸟过后　那些
头顶的辙印　莲花不再

不然　这就是枯枝败叶　散场后
各自西东　一个人寒凉下去

尘暴的天气里　偎在石窟中
细数沙粒　却看见菩萨推门而入

卷轴：鹰

这个看门人　甲胄在身　独步
天庭　谁都知道　在云层的上方
安放着佛龛　经书　菩萨和爱

谁都知道　这是普天下的财产
人手一份　不会取之不尽
在敦煌以远　藏着最后一把钥匙

或者　我就是钥匙上的锯齿
一些悲伤　一些痛楚　上下
嶙峋　带着日光的一捆捆　荆棘

卷轴：河流

河流走出了沙漠　并不曾
告知　那些途中的真相
因为亲切的敌意　水与流沙
媾和于八月　让佛子
白马　经卷与袈裟　依次
穿凿其中　留下背影
和莲花　又被天空默诵

河流说　这些鱼群　鸥鸟
化石与鸣禽　其实是
一次次古老的掌声
那一刻　敦煌站在了芦苇

丛中　并在灵岩上开窟取土

在宽阔的水面上　菩萨们

带着一千零一夜　安然入驻

卷轴：马车

天上的马车　和秋天
一样　空无一物　除了
泪水和石窟　一些
壁画　需要重新虚构

需要虚构的　还有麦地
鹰隼　狐狼　以及大雪之后
佛的足印　其实什么也没有
被带走　包括天上的马车

卷轴：黄昏

而黄昏　是一种崎岖的
说法　因为更多的羊只
和灯盏　走入了敦煌　成为
流沙坠简　打坐世间
这一刻　夜宴已毕　菩萨
与佛陀　走上了壁画
秋天在逡巡　黄昏时
那些寂灭的鸣禽　秋草
画工　释子　如果不是
恩情的儿女　便是失而复得的
舍利　卷起天边的夕光
带进石窟　开始今生的勾画

卷轴：道士

道士下山　并不曾分庭
抗礼　他悠远的前世　来自
一只灰鹤　被天空辞退

灰心名利　远走西域
在敦煌　假如一座砖塔　可以
总结今生　那又何乐而不为

在逼仄的藏经洞中　地契
绢帛　佛纸　木简　生命的
悲凉也不外如此　令人窒息

于是破墙　在月光下坐地

分赃　我碰见他的时候

他乌鸦一笑　自称圆篆姓王

卷轴：乌鸦

用乌鸦这一瓶墨水　写下
节度使　度牒　入境报告
和健康指数　但必须忽略一切
涉黑的辞藻　因为先生不爽

用乌鸦这一盏油灯　熄灭
月色　李白　泥金的佛卷
以及秋天的芦荻　尤其在冬雪
之前　菩萨化缘在外　石窟空虚

用乌鸦这一双草鞋　走过
关城　烽燧　焉支山

与额济纳一带　喊醒羊群

喊来马匹　守住北方以北

敦煌短歌

DUNHUANG

SHORT POEM

敦煌短歌

（组 诗）

咏 叹

白云悲伤吗？白云的
悲伤不告诉我，因为
它身旁坐着佛陀。

鹰悲伤吗？鹰的
悲伤看不见我，因为
它的翅膀披满了佛光。

石窟悲伤吗？石窟的
悲伤已经熄灭，因为
鲜花和飞天在此出没。

我悲伤吗？我的
悲伤显而易见，因为

大地寒凉，已是秋天。

……这高地，这永恒的使命，却依旧滚烫。

阅　读

在修远的地平线上，
……一介释子。

我读到了尾声。
我合上书中的流沙
与脚步。
秋深了，一杯酒
就此转凉，
却看不见那一只大雁，
脱下袈裟，
诉说来路。

在天空的纸草上，
我临摹、描画，并慢慢

写下两颗字——

神态!

苍冷如墨

用流沙抄经，顺便找见
蜥蜴、响蛇和雉鸡的巢穴，
不打招呼，推门而入。

用雨水抄经，往往在午后，
一卷沙尘，落在头顶，
像张王赵李，喊不出名姓。

用指血抄经，如果一些往事，
由黑变红，当然
说明了一个人，大病初愈。

——傍晚提笔，我突然想死了
这个人间。掩上柴扉，
石窟内，唯有泪水，苍冷如墨。

石窟下的麦地

这一块麦地，属于人间。

要不，菩萨
也不会捡来露水
和风，让它们埋在冬季，
却在春天开口。要不，
佛陀也不会净手，
借来月光，
让它们秘密发芽，
说出上一世的缘灭，
以及今生的因果。
要不，一个少年
在禾穗中奔跑，
骨骼在拔节，

鹰隼提携，偶尔的
跌倒，像一次
勇敢的试练。要不，
让我把石窟喊醒，
把天下的麦子，
全部喊熟？灯下，
一家人围坐，
这个晴朗的少年，
原来是，我的父亲。

确　认

从壁画上下来，就再也
没能回去。

拾柴，吹火，煮粥。
到了正午，
又诞下一群儿女，
放入羊圈。
剩下的事情，就是
一灯如豆，
在傍晚穿针引线。

石窟是黑的，
人世上也没有一扇
轻松的门。

从壁画上下来的
菩萨，早已
是我的母亲。

叮 嘱

将一盏灯送进
石窟，也别忘了
带一把青稞。

将一棵菩提
栽上壁画，也别忘了
供一碗净水。

将一尊佛像请进
敦煌，一定别忘了
养一对羔羊。

菩萨不会走。
可万一走了，这些
就是我们疼痛的拌料。

敦煌的雨季

雨下进洞窟，
并不像那些沙粒，
可以破土、萌芽，抽枝散叶，
写下秘密的经书。
雨，一旦落下，
那些白杨树上的鸦群，
将要摘下面具，
有的成修士，
剩余的，则是兄弟。

下雨时，一匹发光的马，
也会卷起壁画，
驮起菩萨。
如果有一盏灯更好，

可以看见藻井之上的

那朵白莲花，

原来，是牧羊的卓玛。

一座桥

清早。那一座桥上，站过道士、马和佛塔。
雾的下面。菩萨拾起字纸，装订佛经。

石窟锁闭。秋天来了，秋天并不是孤身一人。
番茄和玫瑰来自西域，水土不服，不免眩晕。

那一座桥，左面叫此生，右面是彼岸。
引舟如叶，我用秘密的诗行，供养经年。

正午的烈日

趺坐石窟，

与大象、狮子、蛇，以及

藤萝和菩提；

与世上所有的鸣禽与花草；

与佛陀和苍生，

一起吹熄灯台，

仰首问天。等待莲花藻井上的

一滴水，

普度

而来。

一滴慈悲的水，

广阔的水，将被天空的恩情，

慢慢

挤下来。

而洞外，烈日飞卷，带着一种

清醒的黑暗。

事 件

我丢了一粒沙子。

刚才，就在一只
仙鹤擦过头顶，
它的翅膀忽然变凉；
就在月牙泉边，
一条鱼，吐露心扉，
说看见了第一块
世上的冰；就在
芦荻悲鸣，
羊群开始打草，准备
御冬的干粮；
真的，也就在我走过
鸣沙山之际，

我丢了一粒沙子，

一滴坚硬的

眼泪。

秋天来了。秋天一定拾走了，

地上的东西。

怀　想

那时候　月亮还朴素　像一块
古老的银子　不吭不响　静待黄昏

那时候的野兽　还有牙齿　微小的
暴力　只用于守住疆土　丰衣足食

那时候　天空麇集了凤凰和鲲鹏
让书生们泪流不止　写光了世上的纸

那时候的大地　只长一种香草
名曰君子　有的人入史　有的凋零

那时候　铁马秋风　河西一带的
炊烟饱满　仿如一匹广阔的丝绸

那时候的汉家宫阙　少年刘彻
白衣胜雪　刚刚打开了一卷羊皮地图

那时候　黄河安澜　却也白发三千
一匹伺伏的鲸鱼　用脊梁拱起了祁连

那时候还有关公与秦琼　亦有忠义
和然诺　事了拂衣去 一般不露痕迹

那时候　没有磨石 刀子一直闪光
拳头上可站人　胳膊上能跑马

那时候的路不长　足够走完一生
谁摸见了地平线　谁就在春天称王

敦煌札记

沙子在鸣沙山上，
并不叫沙子。
鸣沙山上的
沙子，其实是
一个个仓皇的释子。
有的掩面，
有的哭泣，
更多的人秘密抄写，
记下道路、美和脚印。

月亮在月牙泉上，
也不叫月亮。
月牙泉上的
月亮，其实是

一只只滚烫的白羊。

有的濡笔，

有的研墨，

更多的人献上自己，

用皮革装订出馨香的佛经。

渥洼池中的天马

那一切，不过是倒影——

马在天上，
像一块巨石，
镇住云朵、罡风和星辰。
马驮着经书，
晾晒着世上的贫穷、
疾病与荒凉，
迟迟，不肯飞行。

马在啜饮，
如果熄灭的灯台，
是一群哑孩子，说不出
人间的秘密。那么，

天空将慢慢矮下来，

拆掉门槛，让他们

统统跑进佛陀的花园。

杏子熟了

有一些心事，将成为
春天最早的供果。

我和菩萨们挤在
园子里，拾起法会之后
丢失的经册、残叶
与灯台。夜里有雨，
但一些秘密的灰烬，
并未打扰藻井一带的
趺坐和冥思。
不能原谅的花朵，收起了
身上的线条
和色彩，侧立壁上。
像一个倔强的孩子，

开始试探，春季莅临，
以及整个天空滚鞍下马
的姿态。

那些酸楚，那些痉挛的张看，
一般会由青转黄，
走向枝头，比如杏子熟了。

擦肩而过

去寺里点灯，将错过
天空的流沙，
掩埋石窟，封闭经书，
留待下一世的光阴。
沙州城外，
黄昏摇曳，将错过
玄奘一行，甚至忘了
打问莲花的消息。
如果明月初升，依旧
一贫如洗，
那么远在长安城内的
更声，照例错过了
敦煌以远的怅望与归义。
三将军犹如猎鹰，

盘踞城垣，

看见全天下的

虎豹、大象、狐狼和鸣禽，

依次错过了

立地成佛，

以及危险的和平，奈何！

在地平线的尽头，我错过了

菩萨，

和你。

道士塔

那些诵念，那些经文——

当时的木鱼，
不过是一只乞钵，
穿州走府，
祈祷天下。当时的袈裟，
很可能是一盏灯台，
在更深的夜里，皈依
石窟。当时的月光，
像少量的羊群，
一部分放生，剩下的
走上供台，
做了完美的牺牲。

在更远的天际，那些经文，
那些流沙……业已堆积，
成塔。

秋天从石窟前走过

落叶的葡萄，像今年的
那一场金刚法会，
人去楼空。

法会时，夏天
正好。我跟亲人们
细数沙粒，
计算着今生的疼痛，
以及羊皮上
写下的供养。
悲伤算不算一种
祈祷，没有人告诉我。
至少，我们牙关紧咬，
把眼前的今生，

当作一场广阔的
别离，不肯离弃。

落叶走过，窟子里头的
菩萨、世间和我，
开始点火，御寒。

真　经

其实，天空和云朵
乃是一部真经。

我从鹰隼的嘴里得知，
天空的最深处，一堆
篝火嘹亮；
佛陀和弟子们，鸠衣
百结，烧烤土豆——
在广寒的下界里，人们
停下手，用一贫如洗的月光
秘密取暖。

我从雨水的书信里看见，
那些弘法的仙鹤，

像寺庙与灯火；

谁打开了石窟，谁就是

早上的供果——

那一日，母亲大病初愈，

我抱她回家，犹如

抱起了白发苍茫的菩萨。

在敦煌借马

问菩萨借马，

一匹天马，牵出壁画。

把沙漠上的鲜花，

全部摘下，送给

远方和穷人，

不算口粮，仅仅是

一份恩养。向石窟借马，

留下佛陀

与弟子，

三日一餐，

看护经书。

其实道路还长，恒河

与天竺，不像

传说中的那样。

在敦煌借马，月亮下，
我们穿好靴子，
像一双儿子。
这时，谁的内心饥饿，
引马向西，谁就会
站在天上的麦田，
波浪翻卷。

造册：三危山

三危山的佛光，有两种颜色：
一个叫昼，另一个是夜。

佛光中，一共有两座庙：
一个叫人间，另一个是苦难。

春天的庙里，坐着两尊神祇：
一个哑巴，另一个聋子。

金面神祇，带着两位弟子：
一个叫佛子，另一个则是道士。

我来到的日子，有两种可能：
一个在农历，另一个是前世。

在前世，我开窟造像。

旧历八月，开始顶礼，焚香。

消息 MESSAGE

蓝色的敦煌

THE BLUE DUNHUANG

蓝色的敦煌

（小 说）

壹

大雪下了半个月，将两个香客困在了莫高窟里，连远处的三危山都白茫茫一片。

准确讲，也不是香客，其实是寺里请来的画工，在窟子里勾勒壁画。天寒时，方丈带着僧人下山进城，躲避这一场百年不遇的暴雪，但他们二位婉拒了，理由是佛本生的故事才画到一半，就此搁笔的话，才是一种蠢行和罪过。两个画工，一大，一小，小的机敏顽劣，跟一只耗子似的；大的木讷内敛，像一只瓷器那般静谧。

午后，小的收完了最后一笔，展颜一笑，看见整个画面都活了，香音神（飞天）在墙上飞翔，妩媚动人，熠熠光辉。

半年多的辛苦，此刻大功告成，小的不免有点儿骄矜。回头一瞥，看见大的正趺坐于画壁下，五官紧蹙、蔫头耷脑的，一副老僧入定的样子。

小的腾身站起，紧着收拾完工具，将地上的包袱挎在肩上，准备辞行。这时，洞窟外传来了猛烈的炮仗声，雪扑了进来，风也摇晃着虚掩的柴扉，像家人们在喊他们回家过年。

小的说：“上天言好事，回宫降吉祥，今天是小年呀，沙州城（敦煌）在送灶王爷。”

对方哑默。

小的又说：“你骗不了我，你早就画完了这一位菩萨，就差提笔点睛了，但你天天打坐入定，迟迟不画上眼睛，你不是在等我，你就是不肯回家去。”

大的泥塑着，照例不发一语。

小的再说：“哦，那你索性留在山上吧，路过你家时，我给你娘告知一声，就说你和菩萨在过年，不管她老人家啦。”

言毕，他闪身出门，没了声息。

大的自语：“不送！”

贰

……四壁阒寂，寒冷像灰尘一般落了下来，将大的完全笼罩住了。他开始瑟瑟，寒战攫取了他，手脚也奇痒无比，恐是冻伤的缘故吧。炮仗声又一次响起，提醒了他，他暗自有点儿激动，忙扯开袍衣，从怀里掏出了一支画笔。

画笔冻僵了。他已经焐了一上午了，始终也没能将它暖和过来。于是，他将画笔含在了嘴里，用津液滋润，用舌尖吮吸。他盯着画壁上的那一尊菩萨，无眼的菩萨，琢磨着如何才能一挥而就，让菩萨睁开眸子，将佛赐的光芒投射在莫高窟，荡漾在沙州城和河西三郡，洒落在这个凄凉的人世间。他刚有了想法，却又迅速否决了，一丝慌乱让他的心更冷了。

笔还是冻的，像舌头上含着一块远古的玉。

以前，他可不是这样。——他曾是凉州（武

威）城里最有名的菩萨高手，重金难买，一画难求。坊间传说，那年皇帝巡游河西时，对他的一幅菩萨画像爱不释手，派御林军护送回了长安，挂在了御书房里。他名声大噪，河西走廊一带的寺庙纷纷请他去作画，却每每被他拒绝，因为他是一个孝子，高堂在上，他不打算坏了自己的名节。

这回，却是母亲亲自打发他来莫高窟的，因为母亲沉疴在身，久卧病榻，恐怕会不久于人世。一念至此，他的心抽搐了一下，不是痛，更多的则是念想。

他在来莫高窟时就发了愿，欲请这一尊新绘的菩萨作供养，为母亲的安康祈福。然而世事难料，这些日子来，他怎么也把握不好墙上的这一张慈眉善目。他需要安静，需要冥想，他需要这支画笔暖和过来，像他身体里的血那么滚烫，那么善良与柔软。

但舌尖上的玉，不，那一支画笔仍旧冻僵着，让他无计可施。

岂料，门吱呀一声，那只小老鼠又折身回来了。

叁

他迅速阖上了眼，如先时那样，安坐不动。

小的扔下了包袱，往手上哈着气，脸呈酱色。他能感觉到，这只小鼠身上覆了一层雪，羽毛状地拂动着，悄然融化，比冻僵的画笔强上许多。他素来心软，思忖道，毕竟是一个屋檐下结伴数月的同行，不能太计较。他睁了眼，抄起火棍，想把火塘里的炭拨亮一点儿，好让小的驱驱寒。令他讶异的是，小的突地扑了上来，一脚踩住了火棍，嘎巴一下，就将火棍给踩折了，一脸的怒气。

他仰首，用目光问询。

小的说："哼，我知道你看不起我，你自视甚高，一直故意拖延着不去点睛，就想让我先滚蛋，然后……然后你才能得逞。”

他终于发话了，问：“得逞什么？”

小的忍不住，脱口道：“别以为我不知道。其实，你画的根本不是菩萨，菩萨不是这个样子。你画的是令堂，是你娘。”

他的脸上掠过一丝笑意，腼腆地说：“嗯，家母本就是我的观音娘娘，我今生今世的菩萨。这难道有错吗？犯了朝廷的王法吗？”

“……没！”小的登时理屈，嗫嚅一番，又狡辩说：“可，可你娘以前是一名歌姬，河西一带的红歌姬，凉州城里谁人不知、谁人不晓呀。”

他忽然有些颓然，挣扎一下，稳住了身子。

得理不饶人，小的颟顸地说：“听说……听凉州城里的老辈人说，那年皇上未登基，皇上来凉州城时，你娘被钦点，连唱带跳地表演了三天三夜，把皇上给迷痴了。”吭了吭喉咙，继续疯癫地说，“后来，皇上要带你娘去京城，住皇宫，可令堂没给皇上赏脸，说自己有了心上人，实难从命。那年皇上带走了好多漂亮女子，令堂是唯一辞让的人。”

他有了哽咽，心里充满了一团墨汁似的。

小的说：“半年后，你娘刚怀上你，你爹就奇怪地摔死了，谁不知道他是骑马的高手呀，所以大家都犯疑，心猜是皇上的人干的。”

蓦地，他爆发了，低沉地说：“嘴夹紧！”

小的也火了，怒道：“伪君子！……你故意拖沓，就是不想回家，不想跟你娘一起过年。你嫌弃她以前是个卖唱的歌姬，可就是她雌守了那么多年，含辛茹苦地把你拉扯大，让你成了有名的画工。良心呢？你的良心让狗吃了么？”

“不！”他顿了顿，笃定地说，“我没有一天不想娘，想得心里都快吐血了。”

“好，现在点了睛，你就随我下山吧。”小的不依不饶。

他迟疑道：“可，可我想不起娘的眼睛了，昨晚上还梦见过，但天一亮就忘了。再说，这支笔也不听我的使唤，石头一般，我怎么都化不开它，如何画呀？”

小的笑了笑：“我回来，就为了这，我猜到了。”

他一蹙眉，问：“猜到什么？”

“你瞧！”

说话时，小的扯开了袍衣，捧出一只泥坛来。

“酒？”

小的说：“没错儿，酒！”

他惶恐地问：“这是寺里，哪来的酒呀？”

“也许，”小的揭开了坛口，拿起那一支冻僵的画笔，径自插了下去，敷衍道，“也许来了一位香客，匆匆供在了九层阁大佛前的香炉上。当然，也可能是一位神仙吧，谁知道呀。”

蹙了蹙鼻子，他闻到了一股沁人心脾的酒香，尤其在这个清冽的下雪天。

肆

候了半天，他催促道：“化开了吧？”

小的诡谲一笑，又威严地说：“喊我一声哥，我就告诉你。”

“小哥！”

“哎——”小的催逼说，“想起你娘的眼睛了吧？如果想起的话，就赶紧拿着它去点睛吧。过几天是除夕夜，令堂在家里见不到你，一定会哭瞎了眼睛的。”

此时，他终于忏悔道：“我……我不是孝子，我不能因为这几年娘瞎了，就记不起她曾经葡萄一般闪亮的眼睛，记不起她婀娜的样子和满月一样的笑脸。我，我真该死啊。”

“去画吧！”

他哭诉说：“娘真的老了。年轻时，她比香音神还美，还妖娆。”

恰在这时，墙上传来了一阵窸窣的抽泣声。

两个画工怦然心动，回头望去，但见那一尊尚未点睛的菩萨动了动，一双温润的眸子瞭望了人间一眼，蓦然低首，慢慢落下了睫毛。与此同时，从眼角里淌下来了一行泪水，还有另外一行泪水，将飘飘欲飞的衣袂全都打湿了。

“菩萨哭了！”

小的惊讶道。

“不！我娘哭了，那就是我娘的眼睛，我昨晚上梦见的真就是这一双眼睛，我终于记起来了。”他笃定道。

“咦，眼泪是蓝的！”

“对呀，我梦里的蓝，宝石的蓝，琥珀的蓝。”他有些激动，有些措手不及，扑到了画壁下，看见墙上的颜料漫漶着，像一种深刻的蓝，世外的蓝。

“显灵了！”

小的低语说。

这时，他掉头就跑，一下子掀开了洞窟前虚

掩的柴扉，看见三危山蓝了，莫高窟蓝了，鸣沙山也蓝了，连远处的沙州城都浸泡在了雪后的蓝色当中。他恳切地说：

“蓝色的敦煌！我终于找见了。”

“喏，该走了，回去问问你娘吧，她老人家肯定是活菩萨，降下了这一桩奇迹。”小的也尾随出来，喃喃道，“敦煌是蓝的，像做梦一般。”

他咧笑说：“今年，你就在我家过年吧，反正你是个孤儿嘛。”

“现在下山？”

“下山！菩萨在家等我们呢！”

他慨然道。